...es war der Apfelkuchen

...es war der Apfelkuchen

Eine kleine Liebesgeschichte auf Sylt
von Lieselotte Vogel-Steinbach

Wienand Verlag

für Pimpus

Heute ist der 24. Juli 2005, es ist der Tag, an dem ich 1954 mit der Hamburger S-Bahn von Blankenese zum Bahnhof Altona fuhr, um dort in den Zug nach Westerland zu steigen. Als ich auf Bahnsteig 3 wartete, stand nicht weit entfernt ein Herr mit offenem hellem Trenchcoat, die FAZ lesend. Ich beobachtete, daß er eigentlich mehr über die Zeitung schaute als auf den Text. Ansage: »Der Zug fährt heute von Bahnsteig 7 ab.« – Mein Koffer hatte für 3 Wochen Urlaub einiges Gewicht, der Herr folgte mit einer leichten Aktentasche. Der Zug fuhr ein. Der Herr fragte mich, ob er mir beim Einsteigen behilflich sein Könne, vorher erkundigte er sich nach der Wagenklasse. Sehr selbstsicher sagte ich »1. Klasse«; es war das erste Mal in meinem Leben. Er: »Das fügt sich gut, ich habe auch 1. Klasse.« Eine sehr anregende Unterhaltung begann: Er sprach von seinen Reisen beruflich nach Paris, von den dortigen Museen und Ausstellungen. Ich war begeistert, wollte ich diese Stadt doch so gerne einmal besuchen. Von der Malerei kamen wir zur Musik. Ich erzählte, daß schon als junge Schülerin Bach auf dem Klavier zu spielen für mich alles bedeutete. Dieser »fremde Herr« war auch ein begeisterter Pianist und zugleich spielte er die Bachtrompete. Der Zug hielt in Pinneberg, und meine Freundin Marianne, mit der ich die Ferien verbringen wollte, stieg hinzu. Er bot sofort seine Hilfe an, den Koffer ins Gepäcknetz zu heben. Jetzt ging die Unterhaltung zu dritt weiter. Nach ein paar Stunden – wir verließen das Festland – fuhren wir über den Hindenburgdamm, links und rechts schon das Meer, immer wieder die große Spannung. Jetzt waren wir auf der Insel Sylt, unserer Insel, mit dem Parfum von

Kräutern, Heide, salziger Luft. – Der Kleine Bahnhof der Inselbahn war nicht weit entfernt, denn Marianne und ich wollten nach Kampen, unser Begleiter nach List. Als wir die Fahrkarten lösten, erklärte unser »Kofferträger«, er hätte sich überlegt, daß er auch in Kampen bleiben würde, denn warum erst nach List fahren, wenn schon Klar war, daß er am nächsten Tage uns wiedersehen wollte. Das von uns telefonisch bestellte Hotel beherbergte einen laut und falsch spielenden Geiger, worauf unser netter Herr sofort sagte: »Hier Können die Damen unmöglich ihre Ferien verbringen.«

Der Hotelbesitzer sah das sofort ein und empfahl uns ein gerade eröffnetes Kleines Hotel im Kampener Stil mit Reetdach und telefonierte für uns – wunderbar, drei Zimmer waren noch frei.

Zur Begrüßung tranken wir erstmal eine »Sylter Welle«, einen Sundowner. Der Abend senkte sich und unser Begleiter nahm uns beide unter den Arm, und wir liefen durch die Heide zum Kliff mit dem ersehnten Blick aufs Meer. Später erklärte dieser Herr, daß er meinen und auch Mariannes Arm gedrückt hätte, und beide hätten wir positiv reagiert. Ins Hotel zurückgeKehrt, las »er« uns aus seinen Pimpus-Gedichten vor, die viel Stoff zum DisKutieren gaben.

25. Juli: Ein sonniger Nordseemorgen weckte mich, auf der Terrasse war das Frühstück gedeckt und unser netter Herr saß dort schon bei einer Tasse duftenden Kaffees. Bestens gelaunt erzählte er mir den Traum seiner Nacht, der mich – einem Märchen lauschend – in eine andere Welt versetzte. Es war der König von TonKing, der neun Töchter hatte. Alle hatten einen Monatsnamen, die neunte hieß

September. Da er diese besonders liebte, schenkte er ihr zum Geburtstag einen goldenen Käfig mit einem bunten Vögelchen darin. September war so glücklich, doch der muntere Vogel sagte, daß er ab und zu in die Natur hinausfliegen müsse, sie solle das Türchen vom Käfig immer offen lassen. September weinte und sagte, daß er dann bestimmt nie wiederkommen würde, sie ließ das Türchen geschlossen. Der kleine Vogel sang nicht mehr und war nur traurig. Sie entschloß sich, das goldene Türchen zu öffnen, er flog hinaus und kehrte am Abend nicht zurück, auch nicht am zweiten. Am dritten Tag hörte September ein Zwitschern, mit bunten Federn kam ihr Vögelchen zurück und erzählte und erzählte von den Erlebnissen seines Ausflugs, vom Besuch bei Freunden. September war glücklich wie am ersten Tag, und das Türchen blieb immer offen. – Jetzt kam Marianne zum Frühstück, eine gut gelaunte Runde genoß den Beginn des ersten Ferientags. Ein Strandspaziergang nach Norden wurde beschlossen.

Das Meer mit leichten Wellen glitzerte türkisfarben, feiner Sand mit Muscheln und bunten Steinen. Hier war die Welt weit weg von aller »Wirklichkeit«, wir waren auf einer Insel, und das ist ein anderes Lebensgefühl – unwirklich.

Nach 1 ½ Stunden erklärte unser »netter Herr«, er hätte Lust auf ein Erfrischungsgetränk, denn er hatte in den Dünen die »Strandhalle« entdeckt. Also eine Pause, die auch guttat. Eine Kuchentheke verlockte zur Stärkung. Wir, Marianne und ich, bekamen den Auftrag, jeder solle für »ihn« ein Stück von den süßen Köstlichkeiten aussuchen. Wir beide diskutierten, was »er« wohl gerne essen würde.

Marianne entschied sich für Schwarzwälder Kirschtorte, ich sagte: »Der liebt nur Obstkuchen« – und dies entschied für mein Leben, ich nahm Apfelkuchen. Instinktiv und richtig. Doch er aß beides. Der Weg am Strand wurde fortgesetzt, doch bald lockte das Meer zum Baden. Marianne waren die Wellen zu hoch, so gingen »er« und ich ins Wasser, tauchten unter den Wellen durch, bis bald mein männlicher Beschützer sagte: »Ist es nicht herrlich, so zu schwimmen!«, er würde gerne sein weiteres Leben mit mir schwimmen wollen. Ich lachte nur, da ich »ihm« ja überhaupt nicht kannte, weder seinen Beruf noch sein privates Leben. Ich dachte: »Wer ist er? Vielleicht verheiratet, vielleicht geschieden, oder was es alles gibt.« Für den Abend schlug er Tanzen im Kurhaus vor, eine sympathische Idee. Bei einer Flasche Sekt sagte dieser Herr voller Freude: »Ich fühle mich verlobt!« Er erzählte mir, daß er Jurist sei und in Bonn lebe, mit seiner Mutter eine Wohnung habe und 35 Jahre sei. Wir tanzten wunderbar zusammen und beschlossen, am Wochenende darauf zu meinen Eltern nach Hamburg zu fahren, denn meine Bitte war – als geliebtes Einzelkind – die Verlobung bei meinen Eltern zu feiern.

Am nächsten Morgen fand ich in meinem Hotelzimmer ein Briefchen von meiner Freundin Marianne: »Muß dringend nach Pinneberg zurück, da Betriebsprüfung«, sie hatten eine große Kleiderfabrik. (Eine Ausrede, denn ich traf sie 10 Tage später zufällig in Wenningstedt.) »Mein Verlobter« fuhr mit dem Schlafwagen nach Bonn und kam zwei Tage später zurück nach Sylt, um mit mir nach Hamburg zu reisen. Meiner Mutter hatte ich am Telefon von einem netten Herrn erzählt, mit dem ich meinen Sylturlaub

Kurz in Hamburg unterbrechen würde. Sie sollte einen leckeren Obstkuchen backen und Steinbutt auf dem Fischmarkt in Blankenese kaufen. Ankunft Bahnhof Dammtor. »Ohne Verlobungsringe keine Verlobung!« Ein Juwelier war bald gefunden: gegenüber der Kellerbar »Zur Ewigen Lampe«, in der wir den stärkenden, Mut machenden doppelten Cognac tranken, um dann in die S-Bahn zu steigen. Ein spannender Moment, als wir das Elternhaus betraten, doch Horst schaffte sofort Stimmung, ging zu meiner Mutter in die Küche. Die meinte: »Ich habe das Gefühl, wir kennen uns schon lange.« Beim köstlichen Essen sagte Horst sehr bald, daß er hier war, um um die »Hand der Tochter anzuhalten«. Mein Vater, sehr erstaunt, fragte: »Entschuldigen Sie, aber wer sind Sie, was haben Sie für einen Beruf, können Sie meine Tochter ernähren?« Horst lachte und sagte, daß er darauf vorbereitet war. Er zog seinen Paß und seine letzte Einkommensteuererklärung aus der Tasche, sagte, daß er Junggeselle sei und es eigentlich immer bleiben wollte; aber nun hätte ich diesen Zustand geändert, und er möchte auch sofort heiraten, denn eine Wochenendehe wolle er nicht. – Mein Vater und sein zukünftiger Schwiegersohn waren sofort Freunde und blieben es das ganze Leben, und meine Mutter backte bei jedem Wiedersehen Apfelkuchen.

Ein paar Wochen später wurde geheiratet, und im Jahr darauf waren wir eine Familie mit Zwillingstöchtern. Marianne und ich sind weiter gute Freunde, sie lernte ihren Mann ein Jahr später auf dem Bonner Bahnhof kennen.

Ein schöner Junimorgen am Wasser

Große Wanderdüne bei List

Blick von der Uwe-Düne aufs Watt und das offene Meer

Auf der Uwe-Düne bei Kampen

Im Vogelschutzgebiet zwischen Königshafen und Ellenbogen

Ein typisches Friesenhaus in Kampen

Rotes Kliff, Kampen

< Der verlassene Hafen von Rantum   Der Hafen von Hörnum – von hier aus fahren wir zu den Halligen

Spaziergang an der Hörnumer Odde

< Die Halligen – winzige Eilande vor der nordfriesischen Küste   Munkmarsch am Wattenmeer

Die große Einsamkeit am Ellenbogen

Kliffende, Kampen

Königspesel auf Hallig Hooge

Ausflug nach Amrum: Blick übers Wattenmeer nach Föhr

Das Nordseeheilbad Wittdün auf Amrum

List, die nördlichste Gemeinde Deutschlands

Dünenlandschaft bei List

< Das Heimatmuseum in Keitum

Auf dem Weg zum Hörnumer Hafen

Abschied von der Insel: auf dem Hindenburgdamm

Auf der Rückfahrt bei Husum

Biographie
Lieselotte-Vogel Steinbach

Geboren in Magdeburg.
Studium der Kunstgeschichte in Göttingen.
Schülerin von Professor Tintelnot.
Seit 45 Jahren Reisen nach Ostasien, in den Vorderen Orient,
nach Nord- und Südamerika, Afrika, Australien und Ozeanien
sowie in die Länder Europas.
Dozentin für Malklassen im In- und Ausland.
Viele Einzelausstellungen in Deutschland, Frankreich,
England, Italien, Jemen.
1992 Ausstellung im »Salon des Indépendants«, Paris.

**Aquarellbücher von Lieselotte Vogel-Steinbach
im Wienand Verlag**

– Gemalte Welt – Abseits der großen Straßen
– China in drei Reisen
– Arabia Felix – Auf der Alten Weihrauchstraße
– Kanada von Ost nach West
– Tourtour – Mein Dorf in der Provence
– Maghrebinische Impressionen – Reisen in Tunesien und Marokko
– Ein Leben mit Farbe
– Mit dem Aquarellblock um die Welt
– ...es war der Apfelkuchen – Eine kleine Liebesgeschichte auf Sylt

© 2006 Wienand Verlag, Köln

ISBN 3-87909-881-6
Printed in Germany